地图可以帮什么忙？

[美]加布丽埃勒·巴尔坎◎著

[意]阿尔贝托·洛特◎绘

沈诗雅◎译

北京科学技术出版社
100层童书馆

嘿，过来点儿。
我有东西给你看。

它不是书，不是篮球，
也不是我曾祖父的肖像画。

它小小的，跟我一样，
但它展示的内容却非常重要。

房间布局图

瞧，它是一幅地图。

地图能让我们看到一个地方在小鸟眼中的样子。
它能让我们从空中看一个地方……
却不必变成小鸟。

我的房间里有许多东西。
我房间的布局图展示的是
从上往下看时重要物品的位置。

我在书桌上画画。
你能在地图上找到
我的书桌吗？

我在床上睡觉。
你能在地图上找到
我的床吗？

你能在地图上找到
我的毛绒玩具吗？
它在我的床上。
请用手指一指它！

房屋布局图

你真会找东西！
我想邀请你做我的地图搭档。

地图能告诉我们物品的位置。

右边这幅地图告诉我们，蓝色的沙发在客厅里。

它告诉我们，灰色的马桶在浴室里。

炉子在什么位置？
哎哟，它看起来好烫！

最后，我们一起来找找我的滑板车。
它在过道上。

爸 爸 妈 妈
的 房 间
浴 室
我 的
房 间
过 道

社区地图

地图是一种工具，
能帮助我们到达我们想去的地方。

想在户外玩的话，
我们可以骑滑板车去附近的儿童乐园。

你能找到从我家到儿童乐园的路吗？（这个标志
代表的是我所在的位置。）

一路上我们会经过多少栋房子呢？

儿童乐园在这里

我们到了！谢谢你，我的地图搭档！

在这里我们可以荡秋千、滑滑梯，
还可以攀爬、蹦跳！

我们先玩什么呢？

真好玩！接下来我们去哪里？
我们看看另外一幅地图吧！

城市地图

我们小小的社区是大大的城市的一部分。
城市里值得探索的地方可太多了！

地图上有很多标志，
这些标志告诉我们可以去哪些地方。

地图的**图例**为我们解释每个标志的含义。

我们可以步行去图书馆。你能找到图书馆的标志吗？

我们可以骑滑板车去五金店。你能找到五金店的标志吗？

我们还可以乘坐公交车。嗯，我们一起去坐吧！
公交车站在哪里呢？

图例
公交车站
五金店
图书馆
超市
博物馆
我所在的位置

公交线路图

恭喜你！你找到公交车站了！

地图能告诉我们该乘坐哪一路公交车。

我发现了一张公交线路图，
图上的白色圆点代表我们上车和下车的地点，
也就是公交车站。

请你用手指一指橙色线路上的任意一个公交车站。

我们乘坐粉色线路上的车能去哪个地方？

我们乘坐绿色线路上的车去博物馆吧。
我们去博物馆要坐几站呢？

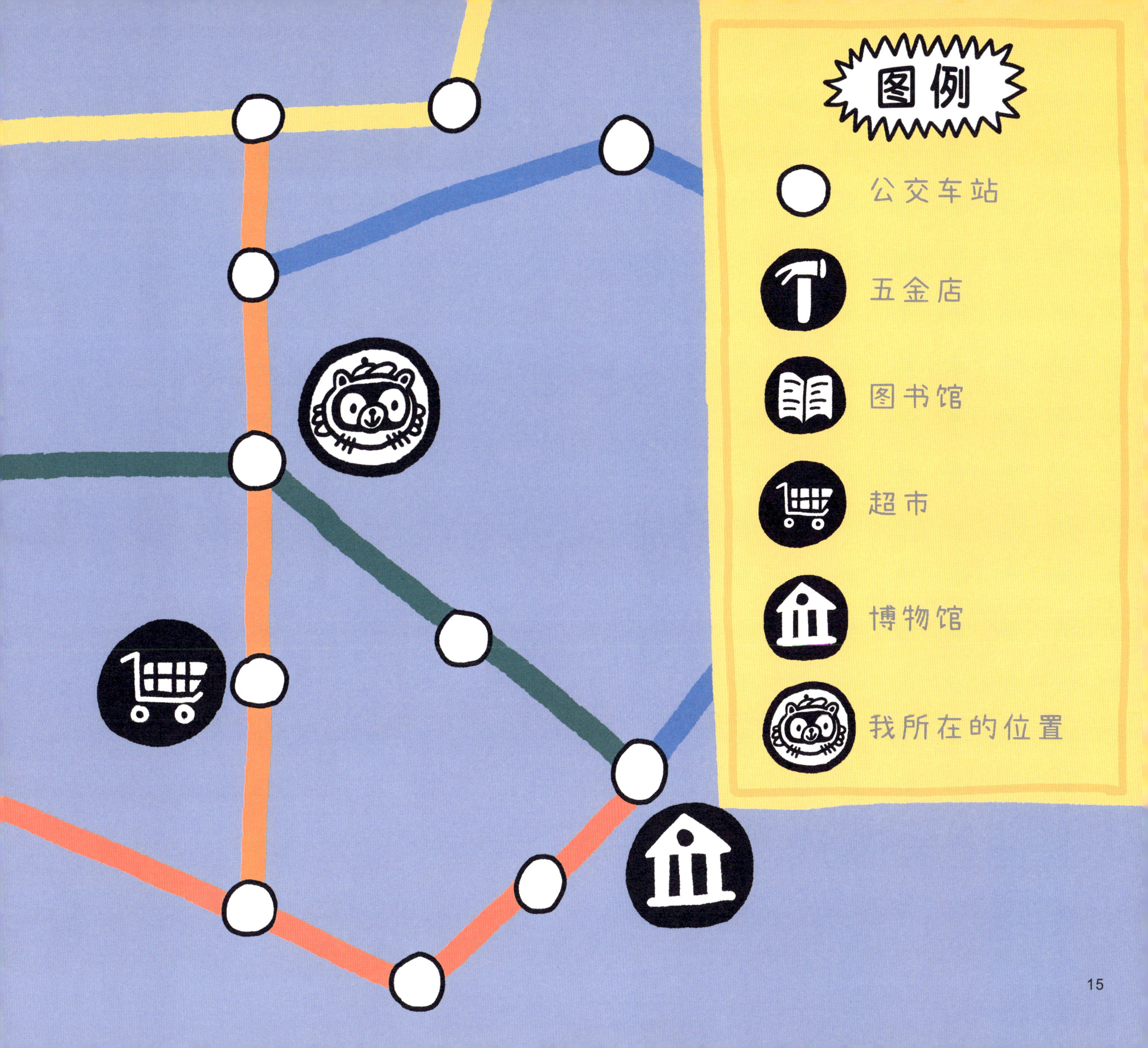
图例
公交车站
五金店
图书馆
超市
博物馆
我所在的位置

博物馆导览图

一切顺利！我们到了！

地图能帮助我们规划参观博物馆的路线。

我想去特展厅和咖啡厅看看。
在咖啡厅我们能买到动物饼干。
你能帮我看看我该怎么走吗？

手间

咖啡厅

滑板车寄存处

特展厅

我所在的位置

身体内部地图

地图能展示我们看不见的、有趣的事物。

动物饼干真好吃！
它们从我的嘴里到了我的胃里，
右边这幅有趣的地图展示了它们的旅行路线。
你在我的身体内部地图上还能看到什么？
你的身体内部地图上有些什么？

吃完零食，补充了足够的能量，
我可以开始新的探险之旅了。

博物馆导览图能让我们在博物馆里不迷路。

城市地图能让我们在城市里不迷路。

如果我们想去另一座城市，
怎么才能不迷路呢？

公路地图

地图能帮助我们从一个城市去往另一个城市。

公路地图能指引我们从一个城市去往另一个城市，
从一个省份去往另一个省份，
甚至从一个国家去往另一个国家！

有的路我们只能开慢一点，有的路我们可以开快一点；
有的路有名字，有的路没有名字；
有的路有编号，有的路没有编号。
每条路都少不了交通标志。

我们现在去国家森林公园。
走哪条路线好呢？
下次我们可以试着走其他路线。

图例
高速公路
国家森林公园
普通公路
我所在的位置
12
16
92
82
92
12
92
80
80
96
93
96
97

国家森林公园导览图

你方向感太好了，
顺顺利利地把我带到了国家森林公园！

地图能告诉我们该往哪个方向走。
右边这幅地图上的**罗经花**有助于确定方向！

罗经花是一种图案，
它能帮我们在地图上找到北方和其他方向。

朝**北**走，我们能到达游客中心。

朝**东**走，我们能到达露营地。

朝**南**走，我们能到达公共浴室。

朝**西**开，我们能回到我家所在的城市。

我们一起去游客中心拿一幅步道地图吧！
我们就按照右边地图上的罗经花指示的方向走。

图例
露营地
急救中心
高速公路
儿童乐园
公共浴室
游客中心
我所在的位置
北
西
东
南

步道地图

你做得很棒！现在我们已经拿到了步道地图。

地图能告诉我们将面对什么情况。

这片森林里可不止一条步道。
有的步道好走，有的步道难走；
有的步道长，有的步道短。
它们在地图上的颜色各不相同。

我们要从游客中心走到露营地，应该走哪条路呢？
走长一些的还是短一些的？你来选！

图例
低难度步道
中难度步道
高难度步道
露营地
游客中心
我所在的位置
北
西
东
南

你选的这条路真不错。
我们到达后还有足够的时间搭帐篷。
帐篷里有放睡前读物和手电筒的地方。

我会不会用到我的雨衣呢？
什么地图能帮我回答这个问题？

天气图

地图能让我们提前做好准备。

天气图能告诉我们，
我们所在的地方未来会出太阳，
还是会下雨、下雪或下冰雹，
这样，我们就知道
我们要不要准备太阳镜、雨靴、雪地靴或头盔了！
天气图每天都会发生变化。

右边这幅天气图告诉我，明晚之前我都用不上雨衣。
天上没有云。
今晚我们应该能看到星星！

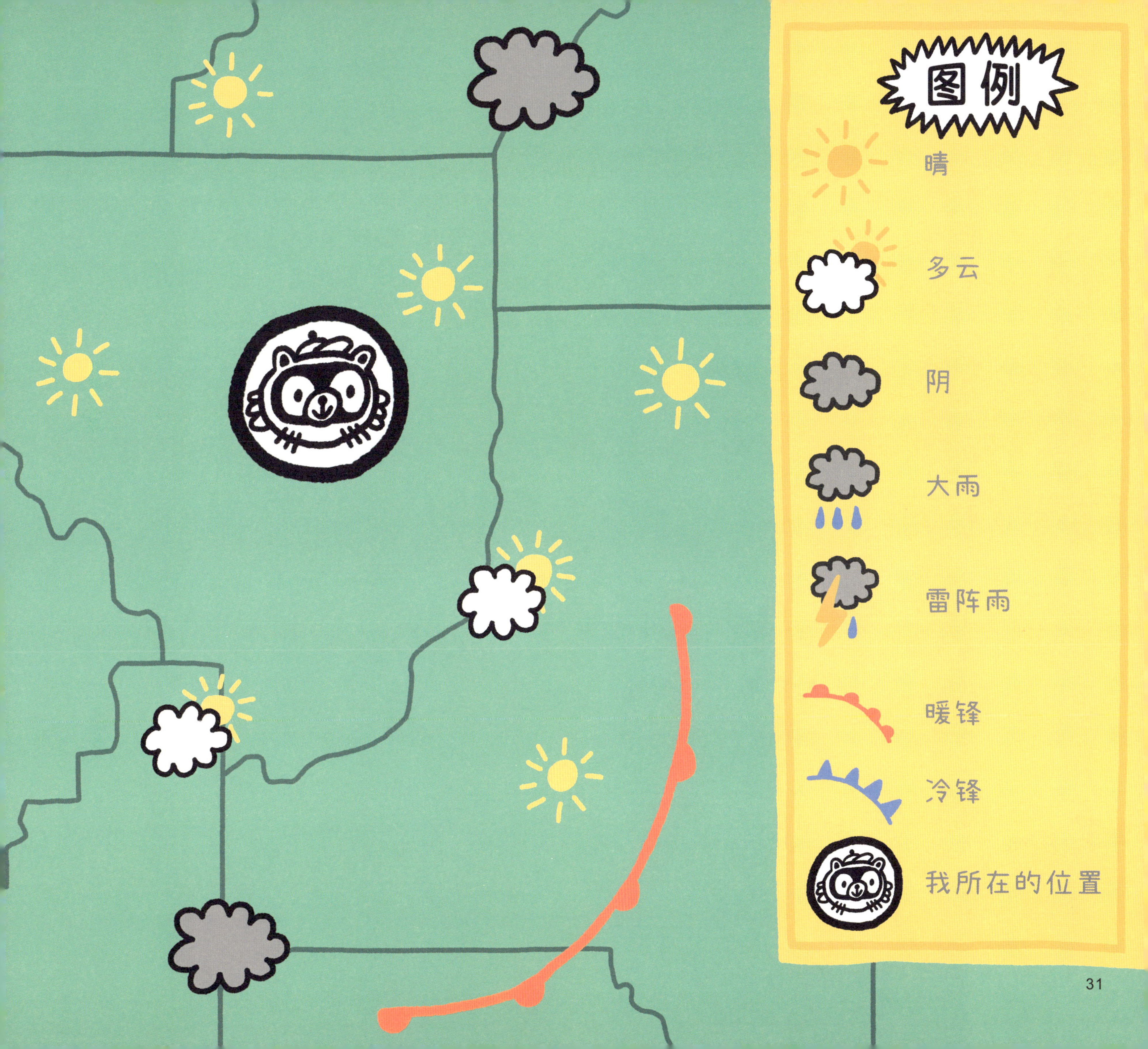
图例
晴
多云
阴
大雨
雷阵雨
暖锋
冷锋
我所在的位置

星图

哇，星星真美！

地图还能帮助我们了解星空。

天空中有很多星座。
右边这幅星图上有一些线，
它们将每个星座中的星星连接在一起，
以构成各种图形。

你看到了哪些星座？请你用手指一指。

我看到的某个星座提醒我该回家了。

图例
星星
星座

这是一次多么不寻常的旅行！

我喜欢地图，
尤其是当它们带我去我喜欢的地方时。

你觉得我们下一次去哪里探险好呢？

让地图带我们去吧！

地图索引

房间布局图

第5页

地图能让我们看到一个地方在小鸟眼中的样子。

城市地图

第12~13页

地图上有很多标志，
这些标志告诉我们可以去哪些地方。

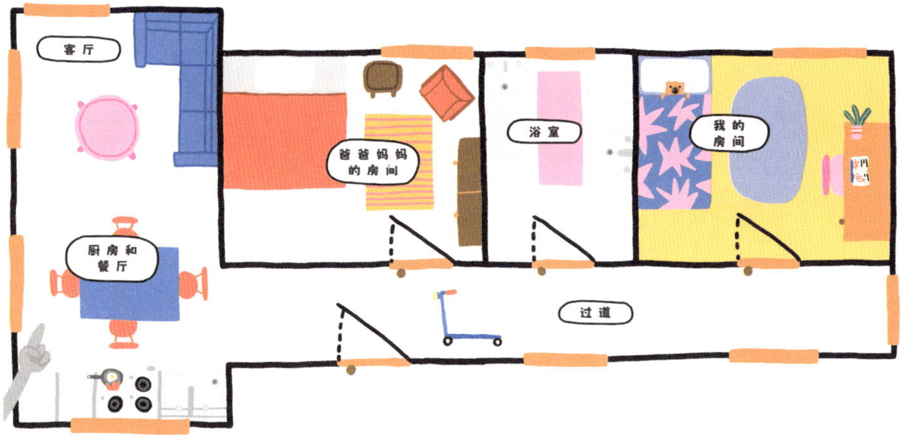

房屋布局图

第6～7页

地图能告诉我们物品的位置。

社区地图

第8～9页

地图是一种工具，
能帮助我们到达我们想去的地方。

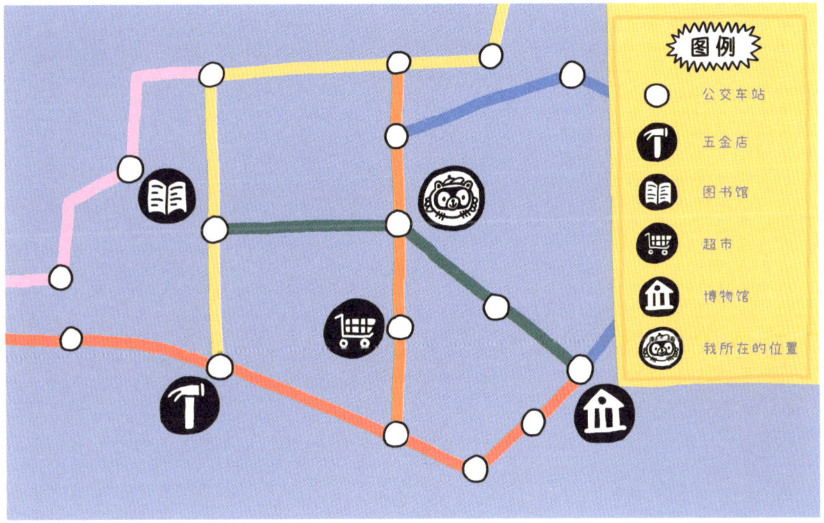

公交线路图

第14～15页

地图能告诉我们该乘坐哪一路公交车。

博物馆导览图

第16～17页

地图能帮助我们规划参观博物馆的路线。

身体内部地图

第18～19页

地图能展示我们看不见的、有趣的事物。

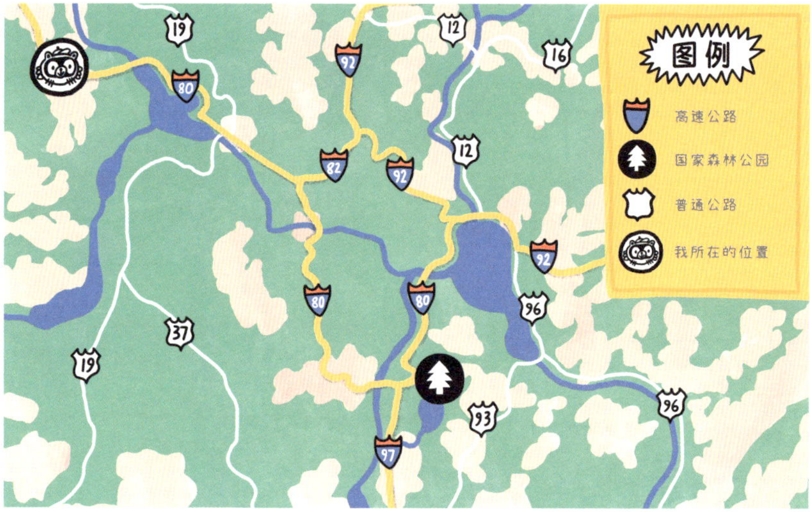

公路地图

第22～23页

地图能帮助我们从一个城市去往另一个城市。

步道地图

第26～27页

地图能告诉我们将面对什么情况。

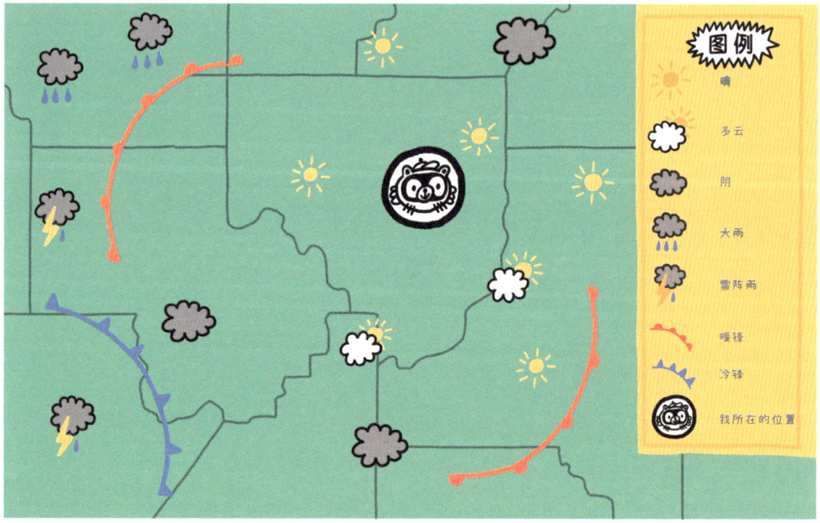

天气图

第30～31页

地图能让我们提前做好准备。

国家森林公园导览图

第 24 ~ 25 页

地图能告诉我们该往哪个方向走。

星图

第 32 ~ 33 页

地图还能帮助我们了解星空。

著作权合同登记号　图字：01-2024-3629

图书在版编目（CIP）数据
地图可以帮什么忙？/（美）加布丽埃勒·巴尔坎著；（意）阿尔贝托·洛特绘；沈诗雅译. -- 北京：北京科学技术出版社，2024. -- ISBN 978-7-5714-4175-3
Ⅰ. I712.85
中国国家版本馆 CIP 数据核字第 202447U2B8 号

策划编辑：何新月
责任编辑：郑京华
封面设计：王思毅
图文制作：王思毅
责任印制：李　茗
出 版 人：曾庆宇
出版发行：北京科学技术出版社
社　　址：北京西直门南大街 16 号
邮政编码：100035
ISBN 978-7-5714-4175-3
电　　话：0086-10-66135495（总编室）
　　　　　0086-10-66113227（发行部）
网　　址：www.bkydw.cn
印　　刷：北京顶佳世纪印刷有限公司
开　　本：889 mm × 1230 mm　1/12
字　　数：46 千字
印　　张：3.67
版　　次：2024 年 11 月第 1 版
印　　次：2024 年 11 月第 1 次印刷

定　　价：59.00 元